D1257665

A René,
en el cerezo.

T.A.

Señoras y señores

Triunfo Arciniegas

Laura Stagno

Ediciones Ekaré

La señora Luna
se viste y se peina
mejor que ninguna.

Pues tiene una fiesta
con otros señores
antes de la siesta.

La señora Luna,
toda iluminada,
es una hermosura.

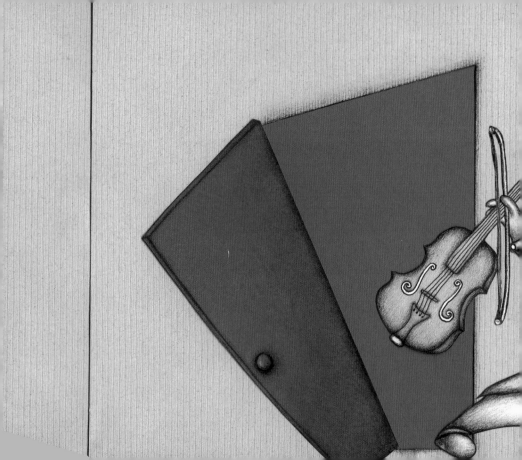

"El que espera
desespera",
dice el señor Pera.

Se pone el sombrero,
se ata el corbatín
y sale ligero.

Tocará el violín
en esa gran fiesta,
de principio a fin.

La señora Vaca,
gorda, alegre y loca,
se pone la bata.

Se perfuma toda
de pies a cabeza.
¿No será su boda?

Muerta de la risa,
con ramos de flores,
se va a toda prisa.

Es el señor Gato
el dueño feliz
de veinte zapatos.

Lee en su ventana
una invitación
para la mañana.

Vestido de verde,
listo a parrandear,
la lengua se muerde.

Este señor Globo,
amigo de todos,
no se siente solo.

Suave, azul, contento,
entre mariposas,
baila con el viento.

Vuela al cumpleaños
del señor que tiene
muchísimos años.

Pobre señor Pez
que sale del agua
por primera vez.

No conoce a nadie
y lejos del mar
le molesta el aire.

Se pregunta el Pez:
"¿Cómo voy al baile
si no tengo pies?"

La señora Oveja
viaja muy despacio
porque ya está vieja.

Le duelen los huesos,
pero va a la fiesta
repartiendo besos.

Con tacones finos,
guantes y bufanda,
ella va en camino.

Ay, doña Serpiente
en su carterita
lleva el aguardiente.

Bella y elegante,
saluda a la gente
atrás y adelante.

Es un gran honor
bailar en la fiesta
de aquel gran señor.

El señor Caballo,
revolcando el polvo,
pasa como un rayo.

Alcanza a los otros,
les pide que corran
como bravos potros.

Que no es para tanto,
responden los otros,
que ya están llegando.

Oh, qué afortunados,
qué felices son
los nueve invitados.

Porque a la mansión
al fin han llegado,
locos de emoción.

Les abren la puerta
los hacen pasar
y empieza la fiesta.

Los nueve invitados
abrazos y flores
le dan encantados
al rey de señores.

Dice el señor Sol
por tales honores:
"Muchísimas gracias,
señoras, señores".

Triunfo Arciniegas

Nació en Málaga, Colombia,
y ha publicado hasta el momento
cuarenta libros, en su mayoría para
niños. Magíster en Literatura
(Pontificia Universidad Javeriana)
y Especialista en Traducción de
Texto (Universidad de Pamplona).
Combina la escritura con
la ilustración, la fotografía
y los viajes. Si alguien esculca
en el morral de sus aficiones, aparte
de los libros, encontrará películas,
dos o tres pintores,
algo de música, cometas,
barcos de papel, helados
de chocolate, jugo de mandarina,
niebla, noches de luna llena,
junto a sus personajes habituales:
gatos y monstruos, brujas
y vampiros, ángeles y diablos,
dragones y unicornios.

Laura Stagno

Soy de Mérida, Venezuela, y casi
toda mi vida la he vivido allí,
entre las montañas.
En 1992 me trasladé a Caracas
a estudiar en el Instituto
Universitario de Artes Plásticas
Armando Reverón. Me he dedicado
a la pintura y al grabado y también
he incursionado en la aventura
de ilustrar libros para niños.
En 2001 obtuve la beca
Monbukagakusho del gobierno
japonés para estudiar Animación
Tradicional en la Musashino
Art University.
He publicado varios libros para
niños: ABC, de David Chericián,
Playco Editores, ¡Ay, AMOR!
de Brenda Bellorin. Camelia
Ediciones, YO TENÍA DIEZ PERRITOS,
Ediciones Ekaré.

EDICIONES
ekaré

Edición a cargo de Verónica Uribe
Dirección de arte y diseño: Irene Savino

Primera edición 2007
© texto, Triunfo Arciniegas
© ilustraciones, Laura Stagno
© 2007, Ediciones Ekaré

Edif. Banco del Libro, Av. Luis Roche, Altamira Sur, Caracas, Venezuela
www.ekare.com
Todos los derechos reservados.
ISBN 978-84-934863-7-2

Impreso en Colombia por
Panamericana Formas e Impresos S.A.